耳の生存

菊石朋

七月堂

装訂　岡島星慈

耳の生存

わたしは見ていた
それが
名前を与えられたようなはじまりならば
終わりはなくなる　泥土の深い静けさの中で
頭骨は輝いているのだと　それは、
わたしの頭の中の　ときめきのような痛みで
共鳴しあい、そこから涙があふれるようだ
孤独というのならば
夏の空よりも晴れ　雨よりも冷たく
わたしのからだは目覚めている
空には日傘が飛ぶ

炭酸水の香りのする
朝の裾をめくれば
そこには
ぎょろぎょろとした光の世界が在り
わたしのシラナイわたしは
赤い闇を含む唇を噛み
色のついた悲鳴に割かれた人類の耳を
幼い指で拾い集める

途切れ途切れの
ことばのつながりの中で
あなたとわたしは遠くなる
空白を感じると　あなたの額は明るく
ことばの消失があれば　激しく香り
まるく　みずが溢れ出る
黒曜石の光を追うように
みずは尖り、
土を蹴る四肢のオトを聞き分け
呼吸を整える獣の胸を裂こうと走る
だれが生まれたのだろう

（海の馬、　（海の馬、、、

魚《まな》の水晶体を舐める閃光

（海の馬、、　（海の馬、、、

捕らえるその手

（海の馬が、、　（海の馬が、、、

無機質な衝動、

あとは立ち枯れの街路樹の影ばかりが

永遠の道を伸びてゆく

声が、紅い　（呼ぼうとしている）アレハ、西日。

灯らない窓を並べる
古い家々を静かに通り抜け
左折を知らせる　わたしは見送った
赤がともる信号の下に
待たせている人が遠くへ行こうと
色を失っている

鳴り響く硝子
透明に透明を重ね沈んでゆく

高速道路の豪雨、、、、、、、、、、、
雨ははげしい音にただはずかしく
にじんでしまった風景を奪う

自転車の壁
自動販売機の壁
はりつく子どもの影
あんにゅいな日差しが生き残る
こんびにえんすすとあの
自己同一的空間からうまれた

ミネラルウォーターを
喉にそそぐ
スニーカーを焼く
アスファルトにもそそぐ
わたしがあまりにも静かなときは
静けさを重ねたい台風が
次から次へとやってくる
らしい

カラスが白い肌を見せて広げた羽根は

強風に煽られ
いちまい、いちまい
漆黒の空へととび去る
魚眼に景色をゆがめる余命の寂しさ
眩しいと、眠りをさまようフラミンゴの灯を
指先で薄くはがされてゆく湖の浅瀬にゆらし
わたしの鳥は
神話の影を踏まずに踊る
余命がどこかでまだ
満ちている

あれはなんという花なのだろうと
たずねる人ばかりでした
チョークとともに呑み込まれてしまったような
白い声を出して咲くその花の、
西陽の静けさに眩暈を覚え
ちいさなため息を吐いた
その花の　やわらかにもえて
あなたのくちびるにふれたがる
その不明の花がしとしとと濡れたあとに

おとずれた雨がひとり
はなびらをうつ

テーブルは割れている

2で始まることができなかったことを　打消す宇宙の窓
逃れるようにひかりが溢れでる　その果てしない欲望

海は水面をかがやかせ　幾千もの眼を透明にし
水溶性のこころをにじませる
わたしのからだは予感に満ちている
1を生み、
1を滅ぼすことはできず
1は世界を重ねてゆく
ひかりとひかり
影と影と影
夢と夢と夢と夢
脚と脚と脚と脚と脚と
闇と闇と闇と闇と闇と闇　鋏と鋏と鋏と鋏と鋏と

独り と独り　あなたとあなたとあなた　月と月と月
祭りと祭りと祭りと祭り　ノートとノート、
白衣白衣、水晶水晶水晶水晶水晶水晶、
右手右手右手、定規定規定規、日傘日傘日傘日傘日傘、
ヘルペスヘルペスヘルペス、卵巣卵巣卵巣、小指小指小指小指、マウスマウス
辞書辞書辞書辞書辞書、クリップクリップ、コップコップ、消しゴム消しゴム
ブランコブランコブランコ、レンズレンズレンズ、爪爪爪爪爪爪、
ポストポストポスト、包丁包丁、皿皿皿皿皿皿皿皿、
詩集詩集詩集詩集、ぴーちゃんぴーちゃん。
重なり合うひとつの世界で
わたしとわたしとわたしとわたしが、

明け方と夕暮れの
語りたがることばのように
ゆらゆらゆらめくことができたら

死者を他者としてみとめることができない

塩の道をとぼとぼ歩き

波音の落とした素粒子を拾う
塩の結晶の溶けるころ
砂浜に裸足の祝詞がかけてゆく
島人は魚を待っていた
短刀を跨げば
海に出ることができる

椅子は割れている
マグカップは割れている

ベッドは、ゴミ箱は
空気清浄機は
燃えている

数えることのできないほどの
大勢の耳たちが
いちもくさんに駆け出す
やわらかに震える耳朶を白く輝かせ
とても幸せそうだ（あれはなんという花だろう）

窓が待っている　駆け出す耳の周りでチラチラと
塵が金色に輝き　いのちのウネリを見せ始め
蜂蜜のように甘く香る　降るのは
針のような雨
夕焼けが町を染め
影絵のように
わたしのこころは立ち尽くす
やがて虹がかかるのだ
このひらかれた幸福に

雪が音もなく降り始める時
なつかしく聞えてくる歌は子守唄だろう

眠りは真白い絹よりもわびしいほうたいなのだから
雪が痛々しい傷にふれると
終った筈のピアノがなる

音もなく降り始める雪は
空を見失った鳥のすすりなきだろう

痛々しいなみだと共に凍りついた
降りやまぬ白い雪

雪が音もなく解け始める時
やさしく聞えてくる歌は子守歌だろうか
河はたしかにその時から流れ始めるのだ

「雪」『動物哀歌』村上昭夫

誰かの朝に目覚め
その大きな生物の目覚めを自分の中に感じ
あなたは沈黙した
わたしが誰かの朝に目覚めて
今日が始まると
Tシャツを被り、髪を纏め
鏡の前に腰をかければ
まだ不揃いの生が
こちらを見る

他人の顔をして
わたしをまねる
うつる眼に呼吸《こえ》はない

あの交差点で
方角を見失う

×

風がとおるたびに
なぜかみどりはざわめく

永遠という激しい変化は
終焉を膨張させながら
ことばを塵にする
音楽ガ聴コエルノダロウカ
寂シサハ有効ダロウカ
此処にあるものが
語りかけるものの姿なき
集いであるのなら
わたし
は

所有されない
Message
が語りかけてくる
空白をもどきながら
×
羽音がウユニの湖へと
堕ちてゆくような
空白を無主の歯で
やわらかに食む

雨音だけの世界
どのくらい
　降るだろう
どのくらい
　降るだろう
どのくらい
　降るだろう
どのくらい

降るのだろう

乱れた映像／ノイズの中を疾走していく
激しい足跡を残しては消え
そこが闇ならば
シルエットも追えない
彼は踊ろうとしていた
どんな風にも狂えるからだを
抱え走る　そこが闇ならば

わたしは認めることができない
彼には名前がなかった
呼びとめる術もない
彼は激しい足跡を残しては
残しては、
呼ばれることもなく
ノイズの中に消えて行った

死は歩いていた

土を汚すように
草を弾ませ
やがて訪れた荒地に
足は傷み
死はあっけなく
立ち枯れた

「ソノアト、
ワタシハ予感ノ腹ニオサマリ
予感のサミシサニ興奮シタ

記号化サレナイ唇　クイヤブル植物
蒸シ暑イ過去　イノチノ匂イ　抱キタガル腕
ワタシハ肉食ノ空ニ爪ヲタテ　血ヲ待タズニ
生キテイル」

日傘が飛んでいた
わたしは見ていた
それは夏の空ヨリも晴レ雨ヨリもヒエタ・・・・
庭のカラスウリの葉は勢いをなくしている

窓に積まれる古書のひらく音　眠るように吹く風
屋根には蜂群のうねり
呼吸を覚えた生物のぬくもり
ひかりは町の向こうへと橋を渡り
万象の死にゆく永劫のちからで
わたしはなにかを語ろうと落ちてゆく
　ひらん、　の、　と、のん、
　　　　　まら、　ここの、　ゆめん、
　　見上げては眩しく／マブシクミオロシテ
どこかで、揺れている　ユレテイル
ユレテイル、ユレテイル、、、、

陽炎のように地平線を歩むあの生物を
わたしはよく知るあなたの名前で
呼んでもいいのかしら／イイノカシラン
　ひらん、の、　　と、　のん
　　　　　ままん、　ここの、　　ゆれん、
動脈が鼓動を受け止める、
　ひらん、の、　　と、　のん
　　　ままん、　ここ、　のゆえん、
どうみゃくが、こどうを
　　　　　　　　　　　うけとめる、
ひらん、の、と、　のん、

ままあん、　ここ、　のゆれえん。

どうみゃくがこどうをうけとめる、

ひら、んのん、　と

のん、　ここ　　のん、

ゆえん

（動脈が鼓動を受け止める）

古悌

【京術センター】

-20：00　（すい）

ダムダムダムダム

L　ER

ワタシハミテイタ
フカンゼンナ
アナタノカンセイヲ
アナタハオギナウ
カナシミト
イカリデ

アナタノカンセイヲ
ミテイタ
フカンゼンナカコト
カタチデ
ワタシハミテイタ
カナシミト
イカリデミライヲ
クウハクハ
オソレテイタ
アナタノ
フカンゼンナ

カナシミヲ

もやしていて

光をのみこむ海は
呼び出した空を地図のように広げる
わたしが呼吸をはじめると

無印の船が沖へとむかい
斧のような沈黙がたちあがる

（船はさいごに棺をのせたよ／カンブリア紀のスカートを身に纏い、
（だから、冬には爪を噛んでいる／あなたの独語は夢などみないし
（あなたのいのちと同じものがどこかに／デモワタシハジダイオクレデ
（死者はわたしが目覚めるより少し早く、わたしの朝に目覚めている。

発熱、発熱、

また生まれるのだろう
　ささやかな祝福で
　　後頭部を濡らし
　　　肌のようなシーツを悲しませて
開かない眼、
　アナタニハワカラナイ
　　人類はそういう　生まれるのだろう、
あなたはここでまたひとり、声を拾った
人類はあなたを泣いて
　立つ場所を探し続ける　まだ
開かない眼、　沈黙は

耳の生存を
　熱い呼吸で確かめ
　　　×
日傘が飛ぶ空を
だれかがわたしの名前で呼ぶ
その名前には
失ったものがある
階段をおりてゆくように
あなたの耳にとどけば
静か。
葉をうつ、

たったひとりの
冷えた雨音

耳の生存

二〇一七年一月二七日　発行

著　者　菊石　朋

発行者　知念　明子

発行所　七　月　堂

〒一五六―〇〇四三　東京都世田谷区松原二―二六―六

電話　〇三―三三二五―五七一七

FAX　〇三―三三二五―五七三一

Printed in Japan

ISBN 978-4-87944-266-6 C0092